허공의 신발

시작시인선 0275 허공의 신발

1판 1쇄 펴낸날 2018년 9월 30일
지은이 이정모
펴낸이 이재무
책임편집 박은정
편집디자인 민성돈, 장덕진
펴낸곳 (주)천년의시작
등록번호 제301-2012-033호
등록일자 2006년 1월 10일
주소 (03132) 서울시 종로구 삼일대로32길 36 운현신화타워 502호
전화 02-723-8668
팩스 02-723-8630
홈페이지 www.poempoem.com
이메일 poemsijak@hanmail.net

ⓒ이정모, 2018, printed in Seoul, Korea

ISBN 978-89-6021-395-1 04810
　　　 978-89-6021-069-1 04810(세트)

값 9,000원

부산광역시 BUSAN METROPOLITAN CITY 부산문화재단
*본 도서는 부산문화재단 지역예술창작지원사업의 일부 지원으로 시행합니다.

허공의 신발

이정모

천년의 시작

시인의 말

이정못

이정표도 없는 고통이 지금은 적당하다.

무너져야만 끝나는 싸움에서 이기려
저 공사판 먼지를 이끌고 여기까지 왔다.
이 불온한 집들이 사람들에게 비를 막게 해줄까?

집의 팔 할을 타자의 힘으로 세운 주제에
힘들었다 말하는 시인은 구부러진 못이었다.

나의 장도리는 누가 가져갔을까?
한 올의 비명조차 지르지 못하고
신화의 새벽을 끌고 온 무릎이 사라질 때쯤

시간에 떠밀려 참 어이없는 공사는
철거로 남겨질 것이다.

허공에 대못 하나 박아놓고
허위허위 아버지 불러 걸어두면

히죽히죽 웃는 시인이 허공이다

풍덩 빠져서 끝내 나오지 못할 것이다

2018년 가을, 여운재에서

차 례

시인의 말

제1부

제1부

고요

빈 바랑 지고 가는 선승의 뒤로
눈이 내린다

눈은 끊임없이 질문하고
들길은 대답이 없다

욕망을 끊지 못하면
정情은 떠도는 눈이다, 생이여

눈 그쳐도 들판에 길은 없다
소원이 하얗게 죽은 것이다

삶에서 한 발도 벗어나지 못한
근원이 고요에 숨어 울면

눈의 반쯤은 영혼이다

이슬

이슬에게도 주먹이 있다

일그러지기 싫어 온몸으로 손잡이 만들고

내 한 몸으로 이룬 꽉 찬 세상

출렁이던 그 방도 때가 되면 버릴 줄 안다

물 한 방울이 다른 생의 완성이라고

통쾌한 이별을 반짝일 줄도 안다

너무 늦지 않았나 모르겠다

반짝, 햇살 눈에 넣으며 낙하하는 저 믿음

—일생에 한 번이라도 너희는 떨어진 이후를 아니?

그토록 괴롭히던 공중을 향해

나의 부재를 맛보아라

한 방 주먹을 날리면서

동백

저기, 봄바람이 몰려온다

적진을 향해 달려가다가

단칼에 자신의 목을 베어버리는 화랑

뚝뚝 떨어진 선혈이 반역의 증거로 남았다

덕분에 봄은 무사하다

시코쿠를 떠나며

누군가의 삶을 대신 살고 나온 것처럼
어디서 본 듯한 집들이 흘러가고
물 위를, 바다 위를, 한낮의 햇살 속을 기차는 간다
이름도 모르는 역이 풍경도 생경한 마을로 안내하고
연기처럼 몽실한 사연들이 옹기종기 모여 손을 흔든다
내가 버리는 건 아니지만 간격은 멀어지고
차장은 차표를 보자 하고
인사는 차표와 함께 내게 남아있다
표가 있다 한들 떠나는 길
뜨거운 여로에 가슴 메는 순간
선로는 발을 구르지만 눈꺼풀 속으로 자꾸 무너진다
헤어지기 좋은 시간도 아니고
하찮은 영혼은 하나도 없으나 몸은 무심하게 놓친다
내가 다 쓰고 만 시간들이 멀어져
방목에 감염되고 있는 중이다
두고 온 닭 소리와 함께 마음도 풀어놓고 왔는데
기차는 울다 그쳤는지 간혹 떨면서 간다
나는 그녀의 애인이 되고 싶은데
고도古都는 속한 적이 없다고 나를 버리고 간다

지금

당신 앞에 있는 사람을 사랑하는가
바로 지금 시작하든지 아니면 떠나라

사랑이란 제 몸에 가두지 못하면
언젠가는 얼어붙는 강물이니

이 순간에 배를 띄우지 않으면
이승에서 도착할 행복이란 항구는 없다

씨앗은 농부가 뿌리고 움은 때가 틔운다
겨울이 갔으니 봄의 곳간 열어라

목련꽃 봉긋한 여인의 가슴이면
지루한 한생이 거뜬하지 싶어도

우리가 알 수 있는 건
끝이 없는 생이란 지금뿐이라는 것이고
마음에 날개를 다는 것은 새가 아니라는 것이다

세월의 강 위에 죽은 날들이 흘렀으니
이제 조문은 끝났다

그대는 손가락이 예쁜 국밥집 여인의 눈길을
외면하지 말아야 한다

환장할 봄날에 울지언정
음복은 사람이 하고 감당은 신이 할 일이다

그냥 꽃

꽃만 보였다

흐르는 피를 보고서 가시를 보았다

바깥이 다 닳은 구두 굽을 통속이 보고 있고

엉덩이 만지다 돌아가는 건달의 유행가 소리도 들린다

영화 같은 순간들이 꽃잎 되어 떨어져 나갔고

내일을 향해 본 듯한 얼굴이 가면을 쓰고 지나갔다

탈을 벗길 수 없어서 물었다

—너 장미 아니지?

바람이 비명의 전부였던 주제에

수만 번 떨어지고도

—무엇이면 어때?

꽃의 반란

꽃은 잊혀지기 싫어
향기를 준비한다

그래도 잊힐라치면
목을 꺾어
치욕인 듯 던져버린다

헤어짐이 서툰 것들일수록
왜 고통으로 남지 못하고
살아있는 것들을 떠나보내고 있는가

꽃이 되기 전에는 몰랐을
가슴은 깨달음의 책

운명이 등을 돌릴 때까지
참고 기다린다 한들

망각은
아픔의 불씨를 끄고

영원에 다가서려는
반란의 미학이다

깃털로 버려두고

물뱀이 구불구불 지나간 수면
누가 왔다 갔는지도 모르게 물결을 풀어가는 본성을 보네

삶의 눈빛이란 이와 같아서
나의 강에 나루를 건너던 흔들림 수만 장과
은밀했던 나의 사랑까지 지우고 한마디 말이 없네

오늘도 서녘 하늘은 어김없이 장례를 치르고
구름의 만장 행렬은 호곡도 없지만
산등성 아래까지 그림자를 풀어놓고
인생의 비루함을 구경하는 고요를 보네

주름지고 있는 것인지 흘러가는 것인지
길을 지우고 있는 하루가 무엇을 하든지
어차피 어둠은 빛의 손에 맡겼으니
생의 낭비는 발바닥에게 용서를 빌 일이 아니던가

낮게 사는 것들의 장기는 매달리는 것인지
토끼풀은 시들어도 꽃을 놓지 않는데
가끔 무릎이 아팠네

식물도 아닌 내가 바닥을 무릅써야 하는 이유로

그런데 말이네, 내 속에는 어둠을 비출 빛이 없고
밤바다처럼 용서 못 한 것들만 물결치더라도
아직 오지 않은 날들이 서넛은 남아있으니

산꿩처럼 날아간 날들은 깃털로 버려두고
바람의 행장을 꾸려야 할까 보네

환한 지옥에게 견디는 법을 배워야 할까 보네

목숨에는 빛이 있다

때가 오면
감나무는 버릴 것 다 버려도
열매 몇 낱은 남긴다

남겨진 열매는 머플러 하나 걸친 채
떨어져 나간 제 살에 침묵을 채우고
솜씨도 별로인 바람의 호곡을 듣는다

이 누대의 사랑에는
길고 느린 시간들이 조문하고 갔겠지만

나는 내가 열매인 줄 모르고
까치를 원망하며
매달린 것을 비관한 적 있었고

때가 아니라고
소가죽보다 쓸모없는 이름 가죽
무두질한 적 있었다

그러나 어쩔 것이랴,
시답잖은 이름 하나 떨어뜨리지 못한 채
더 아픈 눈물과 상처 앞에서

그래, 슬픔의 중심에 가 닿지 못하는
빚진 명줄로 불러야 할 배반의 노래

─삼백 젊은 목숨은 천국이 아닌 친구를 기다렸다

무너진다는 것은

저 많은 이빨들이 바람과 햇살을 물었으니
어찌 비명과 눈물이 없겠으며
폭삭, 무너진 억장이 없었을까

물의 종족이란 너덜너덜한 절정의 끝에서
세상 가장 슬픈 꽃놀이를 하고 있지만
바다도 울 수 있다
묵묵히 등 두드리는 아버지 마음 알 것도 같고

그 뒤를 따르는 통곡들은
내 심장에서 나온 것이지 싶은데,
그것도 욕망이라고 바람이 따귀를 때리지만

파도는 배워버린 것이지

무너진다는 것은 어금니 물고 살았다는 것

모래사장에 좌판을 벌여놓고
통증조차 꽃으로 만들어 봤자
떨어질 땐 허공에 상처 하나 부리는 일이라는 걸,

하지만
곧 흩어질 문장들이 햇빛 잘게 부수며
비난에 젖더라도 영혼을 배신하지 마라
존재의 의미를 후리는 여기서는 그대여

어떻게든 걸음을 붙들어 겸상이나 하자는
파도의 이별주 한 잔에 무너진들
죽음도 꽃이 되지 아니하겠는가

파도 요양원

이 푸른 마루에도 가슴이 있는지
한숨으로 시끄럽네
요양원 똥구멍까지 긁고 있는 저 파도들

바람의 늑골을 으스러지게 껴안다가
하늘의 깊은 눈에 움찔했는지
비늘을 터네, 햇살이 제 할 일하고 있네

도대체 이 세상에 물 튀기지 않고
살아가는 게 있기나 할는지?

신명 난 얼굴들 공중의 허리를 잡고
후들거리다가 얼굴을 바꿔 다네
목구멍에 연명이란 소리를 이끌고 내려오네

질긴지도 모르는 삶의 바닥은
자신이 험해서 이 소란이란 걸 모르고
나는 바퀴를 달고 요양원에 다녀오고

이번 말고도 몇 번이나 뛰어오르려다 떨어지셨을까
한때 생의 파도에 몸 한 번 넣었다 빼신 아버지
고등어 등처럼 푸른 말씀 탁탁 끊어내시어
내 마음 소반에 올릴 것 같은 저녁

몸 열어 보듬었던 침대도 서운한지
아무도 모르게 누웠던 자리에
집착 한 숭어리 표시를 해놓았네

제 몸속 뼈 다 비운 바람
창살에 무수히 매달린 슬픔을 담아서
정성껏 눈 속의 마루를 떠나고 있는 중이네

이어진 것들은 아프다

해종일 엎드려뻗쳐 부동자세다

안간힘이란 애써도 애써도 애타는 것
발끝까지 빨간 걸 보니 오기를 삼켰구나

강물 위로 등 내어놓고 변명 한마디 없는 사내의 갈비뼈가
반짝, 물에 찔려있다

—사는 게 견디는 거란다—

나를 세상에 내보내신 분의 살아남는 법인지
국문도 모르는 분이 시를 쓴 것인지
죽어서 더 빛나는 말씀 가슴에 짠한데

몸이든 마음이든 이어진 것들은
사람 가까이 있는 것일수록 왜 빨리 깨어지는지
단지 세월을 건너려 했을 뿐인데

밤새워 재봉틀 돌리던 어머니 종아리와
한숨 여럿 다녀간 봉놋방 아버지의 기척

그 말귀를 외면하던 사금파리를 상처의 숙성이라 부르면
안 될까

　삶의 그릇을 노리는 실금과 불안을 죄인처럼 꽁꽁 묶어두고
당차게 일어서는 날 오면 미안하니까

　어디 있어도 잘 살면 되지
휘어진 늑골 애써 감추며, 땡볕처럼 질긴 이 사내,

　제 속을 들키지 않으려 등 내어주는 걸로 봐서는
세상의 모든 기억을 사지로 버티며
벌 받는 중인지도,

풀의 집

사람 떠난 집은 폐가라 하지만
풀이 사라진 자리는 폐허라 하지 않는다

떠난 걸 눈치챈 적요만 나앉아서
바람을 믿고 기다리니
등불 없어도 풀씨는 돌아올 것이고

집은 아무것도 아니다
햇볕만 울타리로 세워놓고
마음 풀어 바람의 관통을 보는 저, 유순함

새소리가 지킨 것은 허공이지만
누워서 무게를 나누고
부드러움으로 아픔을 풀어가는 울음 없는 집

귀 없어도 듣고 있는지
보내지 않아도 때가 되면 떠나지만

환생이 무엇인지도 모르고
내년에는 허공의 손을 잡고 새 목숨 키울 것이다

시도해 볼 무엇 하나 자라지 못하는 곳은
집이 아니다

허공의 신발

죄 중에서 제일 큰 죄는
남의 가슴에 말로 짓는 죄인기라

평생을 욕 한 번 없으셨던 아버지

정말로 화가 나시면 구두 뽀개 신고* 마당에 나가셔서
북, 북 소리 내시며 분을 삭이셨다

지금도 그 소리가 무슨 뜻인지 모르지만
속내가 제자리로 돌아가려는 소리인 줄은 안다

세상 파도를 가슴으로 밀고 가던 바다
나는 시리게 떨리던 손이 허공에 물길을 내며
가는 것을 본 것이고

또 어쩔 수 없이 바라본다는 것은
내 맘을 다 나타내는 글이 없기 때문이며
빌어먹을 기적 말고는 가난의 그림자를 벗어날 수 있는
시간조차 없었기 때문이다

오늘처럼 후회가 달 밝히는 밤
운동화 뽀개 신고 마당으로 나간다

운동화 끌려 오는 소리가 북, 북 소리를 낸다
아버지,
허공을 신발 끌고 가신다

* 뽀개 신고: '뒷꿈치 겹쳐 신고'의 경상도 방언.

봄볕

봄 햇살이 국수 면발처럼 떨어져 내려요
아기 웃음이 그 물살 소리를 다 받아
퐁당퐁당 놀고 있어요

십자가 그려진 창에 매달린 노란 평화
가슴으로 뿌리를 들이밀고요

육 인실 병동의 야윈 얼굴들이
배꽃으로 환하게 매달려요

햇볕 가지마다 손뼉 소리 들려요
봄은 창을 조금 더 열어놓고
들어라 저 소리 들어라 응원을 복사해요

──꿈을 팝니다──

저 소리 없는 방송

소리로는 뜻을 만들지 않아요

봄기운이란
제비처럼 돌아와라

겨울이 속죄하는 기도의 응답이니까요

씨앗

꽃이 마르는 것을
씨앗의 몸짓으로 이해한다

그러므로 늦게 오나 이르게 오나
햇살과 바람은 아픔이 아니고 기별이다

한 알의 씨앗 속에는
멸망한 나라의 비장함이 보인다

한 세계가 통째로 사라진 비밀을
땡볕으로 익힌 것이다

상처라 이름하는 생명들이
강인하고 쓸쓸하게 사랑을 완성한 것이다

만물의 기회에는 늦는 법이 없으니

오래 기다려야 본다

제2부

어머니 등대

―엄마, 아부지가 죽었으면 좋겠다

우당탕 소리에 날개 단 가재도구들
막걸리 쉰내가 남매의 숨결을 끌어안은 채
식은 아랫목까지 번지고 있었다

난 사랑이라는 말에 서툴러
쑥스러움의 민낯을 감추고 표정을 구부렸지만
어무이는 아무 말이 없으셨다

세월이 방심한 사이
그리움의 나라가 어머니 데려가고
뿌리 없는 기억 하나
왜 이제사 잎을 다는지 모르겠다

―니 부반장 됐다고 을매나 좋아하셨는지 모르재?

그때
어머니 눈에서 나오던 그 빛이 날개를 달고
제삿날까지 건너올 줄 몰랐다

어머니는 세상에서 가장 성능 좋은 등대였다

비의 탁본

공중이 다 젖었는데 어느 틈에 숨어있었을까
멀고 먼 직립의 시간을 죄다 건너왔을
이 하염없는 적요의 손(手)들

단지만 오래 묵은 장 뜨는 줄 알았는데
세월에 젊은 날을 담아 기억을 밀봉한 당신,
적막을 두드려 시큼한 습탁濕拓을 얻네

잠시 비는 생각에 젖을 물렸을까

우연히 내게 온 것들, 잘 가시라 하니
술잔에 뛰어드는 비릿한 맨발
그녀처럼 스며들어 어쩌자고 얼비치는지

떠난 애인은 앞모습이 없어서
다시 찾아와 말 걸고 눈짓한들
지느러미 파닥이던 세월 돌아올 수 없지만

마음을 팽개쳤던 이들은 속으면서 아네

서둘러 떠났던 날들이 새삼스럽게 찾아오고
그러니까 잊혔던 날들이 등을 밝히면
햇살처럼 붙잡지 못한 것들 몰려오고
출렁거려도 넘치지 않는 바다로 온다는 것을,

빗줄기도 아직 제 할 일 남았는지
입술 새파래진 공중에 대고 끝없이 몸 열어라 하지만

너는 군식구 너는 군식구
비 그친 봄밤이 해찰거리는 것은

이 공중의 필체를 포함하여
달빛이 두드려 건탁한 청춘의 유묵遺墨*까지
반쯤은 비의 살 속에서 떠보라는 것이네

* 유묵遺墨: 생전에 남긴 글씨나 그림.

햇살 공양

가을 산이 자꾸 묽어지고 있다

올라야 할 허공은 더 이상 설레지 않고
바람을 타고 일어서려다 금세 무너지는 낙엽

이젠 아무도 이름 부르지 않는 영혼이
허공의 손끝을 벗어나
출렁,
다음 생에 내려앉는다

보이지 않는 공중의 손이
제 생명으로 다리를 놓는 것인지
묻지 않으니 바람도 묻지를 않는데

누가 퍼붓는지 모르면서
왜 나는 노란 평화를 햇살 공양 받으며
가난한 산의 말을 줍고 있는가

더 이상 발기하지 않는 가을 숲은
갈참나무 마지막 도토리를 뱉어내고

수많은 전생을 거쳐왔을 11월의 몸은
바람마다 피를 흘리겠지만

나는 아무도 걷어 가지 않는 파장의 이 계절을
붉어지는 데 한생을 다 써버린
장미의 디스토피아에 두고 올 것이다

얼마간
나는 간절하지 못한 죄목으로
이 서러움의 서식지에 바쳐질 것이므로

망원경

—아들아, 매력이란 말 알재?
그게 한자漢字로는 귀신 귀 변에 아니 미 자란다
귀신이 아닌데 귀신같이 사람을 끄는 힘이라는 뜻이란다

그때는 어리고 아둔하여 그 참뜻을 몰랐지만
지금까지 이보다 밝은 해설을 난 아직 들어 본 적이 없다

출렁이는 세상을 술잔에만 담으려 한 아부지는
파도가 없는 날이면 바닷가 바람처럼 부드러우셨다
귓속으로 들어오는 따뜻한 바다 새 소리는 나의 스승이었다

어느 날 나도 그 새소리를 내고 있는 것을 깨닫고 놀랐으며
다시 살아난 문장에 꽃처럼 환하게 핀 적 있었다

아들은 소리가 되지 못한 비명을 지르고 있었고
나는 그 새소리로 정상에서의 환호성과 따뜻한 햇볕에
대해서
그리고 햇살이 키우는 나무에 대해서 일렀고
잎새는 조용히 끄덕이고 있었다

시험을 끝내고 들어오던 아들의 오후는 환했고
난 아부지의 치아에서 반짝이는 빛을 보았다

그렇다,
아부지는 세상에서 가장 앞선 망원경을 가지고 계셨고
얼굴도 모르는 손자의 세상을 위해
앞날을 보는 눈을 미리 내게 심어놓으셨던 거다

몸 시

세상에 자기 몸에 시 쓰지 않는 존재는 없습니다

햇살과 비와 천둥의 긴 진술을
짧은 문장으로 음각하는 바위와

이별을 준비하라는 하늘의 소리에는
아직 놓지 못한 시간이 부끄러운 붉새와

하염없는 침묵을 차갑게 얼리어
그리운 이름인 양 부수어 뿌리는 눈송이

그리고
하고픈 말들이 너무 많아
우수수
바람결에 날려 보내는 나뭇잎의 전율들

이 모든 것 중에서 내가 가장 좋아하는 시詩는
어머니, 당신이 웃으며 서있는 하얀 찔레꽃,
그 언덕이 내게로 와 지친 몸에 쓰는 시입니다

그러면 저는 이내 그리움 아득하여
고향의 자운영 꽃밭 위를 지나는 바람이 됩니다

나는 이 모든 것들을 차곡차곡 묶어
행간의 숨은 뜻을 알 필요도 없는 몸 시집을 만들고

찔레꽃 향기가 깊숙이 몸속을 찔러오도록
그냥 두고 봅니다

마음은 제 몸에 세월을 새기지 않는 신비한 시입니다

골목

반공 방첩 광고지가 펄럭이는 전봇대
고깔 없는 알전구 희미한데

보리밭 더듬던 달빛 불러와
창수네 집 굴뚝 뒤편 이별 좀 어찌 해보라고
그때는 야속했다고

그래서 그 죗값으로
니일니일*
고향까지 다리를 놓아달란다

어쩌꺼나 여전히 캄캄한 당신의 골목
못 이기는 척 돌아앉으면 좋겠는데
지금 말하면 돌아올 것들 돌아오면 좋겠는데

미안하다
꼬옥 잡은 손 지켜주던 밤 벚꽃들아
밥술 떠주던 고향의 살점들아
내가 허기인 줄 모르고 세상 탓만 했으니

그리운 것들 빠져나간 자리마다
우체통 하나 없는 눈밭이구나

세월이 뺏어 간 것을
누가 다시 마음에 박아놓았을까

미처 빠져나오지 못한 것들은
사랑을 채워 받지 않았으면 좋겠다

<hr />

* 니일니일: 잇달아 부드럽게 움직이는 모양을 일컫는 말.

숨구멍이 없다

　물은 시시덕거리며 흘러도 하루에도 열두 번 제 몸속 발기를 잠재우는 재주를 가지고 있고, 활의 탄성 또한 수천 번의 떨림을 조롱하듯 제자리를 찾아오는 재주가 있다. 하지만 결국, 조우의 긴장에 전율할 준비를 마친 허공의 내밀한 가슴에 다가서는 것. 삶은 바다처럼 막막하고 키스를 나눌 모퉁이조차 더는 없어 여인은 떠나며 기우뚱거렸다. 가시 많던 사랑은 아름답지도 착하지도 않았다. 그저 부겐빌레아처럼 붉기만 하였으며 나의 몸이 기억하던 목마름과 떨림은 언제나 방문 너머에서 짐승의 손으로 몰래 들어왔고 저물지 않던 그리움에 머물다 갔다. 속으로 피는 꽃이라 꺾을 수도 없었지만 그렇다고 심장을 걸고 지나간 청춘까지 당겨서 과녁 삼거나, 너나없이 사랑의 폐족이 되는 개와 늑대의 시간, 그것을 위해 백야를 만들 수도 없어 울었다. 그러나 울지 못하는 것들도 있어 제 몸속 시곗바늘로 세상엔 배울 게 없어, 또각또각 세월에 묻고 있었다. 서산 능선에는 어둑발 오고, 꽃 지고 풀잎은 흔들렸고, 무심한 척 유혹은 다시 만남의 파도를 기다리고 있었다. 한때는 신이었던 것들, 이제는 사라지고 없다. 자, 무엇부터 시작해야 깨어진 약속에 쓸모 있을까? 자랑스런 우리의 가슴을 대신할 시위는 없고 화살은 돌아오지 않을 것이다. 사나운 우리의 성性을 다시 고쳐 메고 이 거짓된 풍속이 유일하다 할지라도 북채 없으면 마음이라도 울리고 와야 하지 않겠냐고 아직 나는 말하지 못한다. 한 시대를 뒤집었지만 만져지지 않던 통증에 대해서도 나는 어린 생각들을 꺾어 품을 수 없다. 햇살로 구멍을 메워야 하고 사람과 사람 사이의 길을 내어야 하고, 아버지처럼 멀었던 별을 이해하고 비린 생에 탁발 보내야 하는데, 돈을 벌기 위해 건강을 잃어버리고, 다시 그것을 찾기 위해 돈을 다 써버리는 속수무책 외에 재주가 없는 나는 아직 떨고 있는데, 등허리에 차고 있는 바람의 숨구멍 탓은 아닙니다.

버퍼링

바람이 미래에 닿고 싶다고 말하는 걸 들은 것 같다
일어난 일상은 움직인 거리만큼 재생될 것이고
폭설은 지나갔는데, 아직 떨고 있는 담장
벽돌 몇 장 떨어뜨렸고, 심장은 쪼그라들었지만
나는 다시 한 호흡을 기다리는 바람의 신자
흐르던 피가 나의 소유가 맞긴 한 건지 숨을 지켜보다가
기억이 곱게 물러나지 않는다고 불평을 한다
발목도 없는 몸이 훗날에 솥을 건 것일까
다 하지 못한 말을 찾으려 피를 끓이니 글이 되었고
글은 모여서 다시 말을 버린다
녹슨 가슴만큼의 침묵이 감각에 유혹당하자
빠져 나오는 문자들 증기처럼 키스를 한다
사라지기 전에 무언가에 닿아보자는 입술들
그래 봤자 봄처럼 오고 또 가는 것이겠지
바람은 옛날 아니면 또 무엇으로 채워져 있을까
죽은 말들은 다 날아갔으면 좋겠어
텅 빈 것에서 결을 얻으려 탁본을 원하지만
노을은 시시하고 미지근해, 더 위태로워야 해
위로는 더 이상 바람의 목적이 아니었기에
꽃은 달아나고 싶을 때마다 흔들릴 준비를 한다

우물도 꽁 얼어붙어 저 홀로 슬픈 겨울날
증기는 무슨 힘으로 얼지도 않고 사랑을 나누나
한때 우리가 버리고 온 것들, 불타던 대화의 기억에도
세월은 절며 가지 않았으므로
다시 오늘의 연기에 몸을 던지는 바람의 발원

그대는

그대는 오라

소주 한 병 새우깡 한 봉지 들고 가는 내가 보이거든
아직은 그믐에게 줄 수 없는 잔광이 내게 남은 것이니

겨울밤 별들이 흔들리면 누군가의 한 방울 눈물인 줄 알고
떠난 자가 아름답다는 말에는
그의 이름을 서럽지 않게 불러줄 것이니,

그대는 보라

별이 깜박이는 걸 잊은 적 있던가
빛나는 오늘이 시린 그대의 노동을 다 보고 있다

뒤편 장독대 턱을 괴고 있는 밤이슬
제 영혼을 나눠주고 있고

달빛으로 고백하는 내 표정부터
매정함에 끄덕이는 바람 한 점까지 다 그대 것이니,

이제는 그대가 찰랑거리는 가슴으로 화답하라

삶이란 매일 무너져도 다시 일어서는 집이니
그만하면 되었다는 말에 포섭당하지 말고
넘어져도 파도처럼 일어나야지

하마터면 물방울처럼 흩어져
바다라는 것을 잊을 뻔했잖아

풀을 일으켜 세우는 것은 바람이 아니고 땅이다

마중

눈 떠도 보이지 않는 것을 보려면
눈을 감고 고요에 깃들어야 한다

보이는가?
시원한 공기와 새소리는 원래 거기 있던 것들이다

업과 한숨은 가슴의 일

한 발 옮기면 구름의 바깥이고
들고 나는 일 줄이면 여백이 보인다

아니면 벽에 못을 치고
거울이라도 걸 일이다
죽음 같은 고독이 보이면 너의 내면이니

자신을 들여다보는 일
그것은 안으로 들어가 잡초를 보는 것이고
풀물에 들어보는 것이다

비릿하다고 느끼면 그것은
풋생각이 너무 많은 풀 탓이 아니고
사람을 통해 사랑을 배우지 못한 까닭이다

한 발 다시 또 한 발
바다는 강물이 걸어오는 걸 보고 있고
운명은 조용한 마음의 마중을 지켜보고 있다

비듬

저녁이 하루치 감정들을 빗질하여
내일로 넘기려 하는데

이때, 무심한 표정을 펴며
떨어지는 흔적들

분명 내 것이었지만
남의 것인 양 시선 안으로 들어와
살며시 발밑에서 꽃 진다

아무런 거리낌도, 함성은 더욱 없어서
이 조용한 꽃잎을 슬쩍 만져보니

어제의 상처는 내가 가져간다
거부할 수 없는 소리 바닥을 친다

어느 가을밤 눈물 한 줌도
떨어진 것은 잊지 말라는 소리인지

내일이면 다시 자라날 빈자리도
제 무게로 떨어지면 제 집이라 우기는 건지

환생을 자습自習하듯
홀로 있음과 함께 있음을 완성한다

엽서

구만리장천을 업고 날아가시게
내 어깻죽지도 흔들어주었으니
가는 길 어여 가시게

우두커니 보고 있는 하늘의 생각을 알려고
철새를 공중 우체국에 보내요

그대에게 가려고 허공을 헤매었을
희망이라는 손님을 이제 그만 놓아드려요

당신도 무엇을 해야 할지 더 이상
알 수 없을 때가 있나요

혹시
허공에 손 흔들며 툭,
물방울로 떨어지는 것들은
당신의 마음인가요

그러나 삶이 없으면 사라질 그림자
불 없이도 불춤을 추는 오늘 때문에

가파른 생을 핑계로 우리를 부르지 말아요

눈물 한두 방울 찍었어도 마음은 바퀴
길 없는 공중으로 갈 수는 없어요

그러니 날개는 엽서쯤으로 생각하세요

그대는 많은 이유를 대지 않고도
거기 가면 만날 수 있는 우체국이니까요

남은 것들

사랑은 제 길 따라 떠나고
그리움은 소금처럼 남았다

외로움이 기어이 반짝이면 우체국으로 가서
기다림을 수평선에 부치고 온다

스며들고 흔적도 없는 물의 품이 수취인이다

새처럼 제 몸 비우지 않는 길은 없고
어떤 하늘도 머물게 하는 새는 없다

그러므로
내가 본 갈매기 우표는 누구나 하는 이별
그 찌꺼기를 위해 뒷간으로 가는 푯말이다

세상 모든 길의 끝에서 다시 시작하는 길
너에 대해서는 다정다감할 수가 없다

그렇다, 비우면 채우려 하는
마음은 길을 찾아 돌아가는 통로라서

다 내려놓고 뒹구는 돌멩이가 되고 싶었는데

나 아니면 네가 또 누군가의 길이 된다

나 몰라라 떠난 사랑은 어디로 갔을까
사이사이 혹은 영영 마음에 들지 않아도

노을이 태양의 똥이듯
길이란 모든 관계가 싸지른 똥이다

그늘

입은 다물고 드러내기만 하는 생이
기다림의 무게를 척 펼쳐놓는다

문득 고개 돌려 뒤를 보면
다시는 못 온다
밑바닥을 깔고 계시는 분

어차피 경계란 바람의 몫
어디까지 가시려나

온몸 열어 펄펄 끓는 시간 불러 앉히는데

사랑은 사랑하는 사람의 선택이라고
너는 땀을 거두어 정情에 보태라 한다

멀리서도 아는 체하는 것 같아
다가서면 일어서지도 않고 묵묵부답

제 방식대로
스님의 뒷모습 쪽으로 기운다

제3부

바람에 다 털리고

훨훨 날아보아라
얼마나 가벼운지

바람에 다 털리고
그대에게 없다는 것

쥐버리거나 털리거나
사라졌다는 생각

새끼들 마냥 떠나가고
그득했던 것들이 비워진 통은 가볍다

그러나
지고 가던 물통에서 떨어진 물이
길섶의 풀을 살린다

이때 햇살은 오래도록 머물 것이니

섭섭하다는 것은
떨어져 나간 뒤를 보라는 말일 것이다

공중의 화법

풍경은 모든 것을 은유로 말한다

단풍나무는 단풍잎으로 소나무는 솔잎으로
잘 썩는 것이 힘이라 하지만
한 끼의 봄 햇살을 기다리는 땅은
죽음이 싹으로 환생하는 도를 닦고 있는데

바람이 세상 문을 모두 열어놓고 갔는지
달빛은 계절도 없이 떨어지고
저 홀로 서러워진 마당에 고이는 달의 문장들

침묵이란 텅 빈 것일까 가득 찬 것일까

달빛은 생명의 신비처럼 질문 하나 없지만
구례 와서 알았다
산수유 공중에 피는 이유

사람의 손으로 만들어지지 않은 것
꽃조차 까치발 들었으니
까닭 없이 피고 지는 세상이 얼마나 다행인지

그리고
가장 완벽한 정열과 손잡은 공중은
나의 젊음까지 물들여 놓기만 했겠어?

하늘 벼루에 막힌 바람을 풀고 응어리를 갈아
사방이 통로다, 일필휘지 별빛 휘갈기는

공중의 필담,
그 영원한 비밀을 노을 진 자리에 그린 것까지

풍경의 관계학

세상 만물에 어둠이 내려도
나는 창 하나만큼의 어둠을 볼 뿐

내 안에서 가장 잘 익은 것은 침묵이고
나의 방은 고요를 잡아 놓은 논배미다

이팝꽃이 보리고개에 모를 꽂아놓았는지
저녁이 하얀 모춤을 지고 내 속에 들어왔지만
적막이 내 최고의 추수였으니

잠시 멈추고 듣자
상처로라도 허리 굽히지 말고
시詩처럼 읽기만 하자

그리고
부딪혀서 소리 내는 혀에는 시비 걸지 말고
세상에 살갑게 뿌리를 내리자

삶의 소리가 뿌리째 흔들리면
복사꽃 문장도 어둠 속 풍경이다

앓았던 세월이 드러나는 얼굴도 풍경이라서

간절함도 슬쩍,
뭇별에 던지어질 것이다

뿔의 속성

삶이란 저잣거리
어쩌면 금기와 일탈을 흥정하며
저마다의 시장 바닥을 지나왔는지도 모르지

일용할 고달픔이 헤매는 곳이라 개고생이기도 하겠지만
개가 말을 한다면 항의라도 할 것 같은데
이제껏 견공 말은 개뿔, 인간의 말로도 묻지 못했다

말과 말이 꼬여 있는 세상살이에
말 하나 보태다 돌아온 창문 불빛들
굳게 닫혀 있는 문처럼 묻는 법이 없는데

호텔hotel과 홈home만이 편히 쉴 수 있다고
불 밝히고 있지만 나는 모른다

엉킨 실밥으로 같이 사는 식구 같아서, 그래서
마냥 눌어붙어 풀어지자는 것이
육체의 소리인 줄은 알겠는데

불은 꺼지기 마련이고 식구는 떠나가니
상처받은 영혼의 손은 누가 잡아주어야 하나

그러니, 생이란 죽순처럼 뾰족하게 올라오는
또 다른 자신의 뿔을 무디게 하는 일인지도 몰라

어쩌면, 삶과 죽음은 기막힌 흔적일 뿐
영원할 것 같은 위협이 사라지면
생의 뿔도 찌를 것이 없어 소멸하는 것일지도

그 집에서는

너무 많은 눈동자를 들추지 마라

공중을 들고 나는 바람조차
사이가 있는 골짝을 파고든다

눈빛과 온정을 알맞게 버무려
은밀히 닻을 내리는 별빛도 사무치는지
사랑이 하지 못한 일을 걱정하누나

밤은 저만을 위해 검은색을 준비하고 있는데
집 밖에서 터벅터벅 걸어와
천천히 옷 벗는 무심의 눈동자들

웅크리고 숨어서 누군가를 기다리기 좋았지만
입을 지우고 내 방을 떠돌던 시간들이
거기 다 들어있구나

산은 계곡을 품으나 흐르게 버려두고
물은 배를 잡지 않는다
문제는 자리가 아니고 관계인 것을,

너와 나의 거리인 것을 몰랐던 사람아

그리고 세상과 부딪치며 일어났던 것들이여
스러져도 짧게 울어라
돌멩이에 몸 여는 강물처럼

빠져나갈 길은 없다 이 집밖에는

가난이 준비된 마음을 풀어놓고
내가 등 기대고 살아갈 집에는 볼 것이 별로 없다

흘러라, 무심천

나무는 비의 하객이라 어깨를 털지 않고
잎잎이 고개를 끄덕일 뿐이지만
바람 불면 가지는 공중을 할퀴면서
미안하다 미안하다 하는 건 흉도 아니지

인생 그까이꺼,
사는 방식 다 다르니 한판 바둑이지 뭐
내 생은 남은 복기라도 있는지
죽은 돌처럼 눈만 내리깐 채 기다리다가

푸른 것을 열매로 달 줄 알아
돋을볕 기다리던 초록도 그랬지 싶어
나도 보고 싶었다고 기억을 익혀 본다

저녁 굵은 비 저벅저벅 걸어오던 날
시장에서 돌아오지 않던 어머니
한숨과 허기가 눈만 깜박이고 있었고
새벽은 아무 말도 해주지 않았다

무심이란 강과 부엌 사이에서

안지도 못하고 서걱거리던 갈대는
노을이 쪽잠 든 윗목에서 떨고 있었고

젖은 장작 같은 삶이 가슴에서 타는 저녁
뒷산처럼 또 장독대처럼
세상은 연기도 없이 슬픈 무게로 앉아있었다

나는 오리처럼 뒤뚱거리다가
열매든 무엇이든 되고 싶어
생에 공손한 척 눈 감고 고개를 숙였지만

이제 알겠네,
한 생이란 아픔을 끌고 가는 재미였구나
한 방울까지 모아서
사랑이라는 강으로 가는 것이었구나

그러니까,
흐르는 것들은 무리 속으로 들어가 같이 흐르고
길의 끝에서 새 물을 만나면 몸도 섞으면서

블루의 침실

비밀 하나를 얘기하자면,
달빛에는 과도가 숨어있을지도 몰라

어쩌면, 이슥하도록 몸속에 숨어있다
제 목숨으로 불 밝히는 촛불처럼
제 빛을 옮기고 잘라 침실의 레이스로 걸었을 거란 말이지

무단히 달빛을 생각하다가
세상 모든 위로에 필요한 건 단어가 아니라
블루~색 달빛이 아닐까 늘 궁금했지만

세월은 너무 많은 인연을 떼어 와
억장을 봉분으로 남기고 갔고
성사시킨 건 비밀들의 아우성뿐이었지

그러니까, 한생을 열고 들어가
가슴을 무덤으로 내어주고 삭고 싶다든가
남긴 뼈마디가 다는 아니지 싶어

달빛의 무게를 재어보는 것인데
달의 말을 어떻게든 배우고 싶은 것인데,

마음이란 도무지 칼끝밖에 모르는,
아집이 세 든 집인지
쫓겨나야 침실 좋은 줄 알지

그러니, 이제 질긴 업은 다음 생에 맡기고
달밤의 마련에 누워야 하리

별수 없으니까,
아픔은 견딜 만하고 사랑보다 길게 갈 것이니까

쉬지 않는 꽃

내색하지 않지만 누구나 알아요
만질 수 없지만 방향은 알 수 있는 꽃
어둠의 뜰에 하얗게 피었다가 없습니다

어두울수록 더 잘 보입니다
꽃과 새소리와 나뭇잎들이 평화로운 것을 보면
아직 오지 않아도 알 수 있습니다

지상의 목숨들이 자유롭고 활기차고 당당합니다

그러나 보이지 않는 시간이 데려온 이 꽃 때문에
우리는 밤에 시작하고 낮에도 뒷감당을 합니다

너무 적게 웃고 성급히 화를 내고
사랑은 적게 하나 거짓말은 너무 자주 하는 사람들이
사는 동네에서 나올 수 없는 우리

어떻게 살 것인가를 배우지 못하고
삶의 의미를 잃어버린 것일까요?

홀로는 아무 것도 아니지만
목숨에 필요한 내통입니다
드러누워야 다시 일어나는 생명입니다

물속에 들 땐 허리부터 구부리는 당신처럼

그러니, 있는 듯 없는 듯 당신을 배웁니다

평화와 행복에서
떨어져 나온 것들은 모두 섬이 되고
당신의 향기가 없으면 뱃길조차 끊어지니까요

자유인

요행은 거품과 같아서 잡아도 쉬 꺼지나
행운은 비행기와 같아서
자신이 길을 닦을 때만 바람이 도운다

목적지에 무사히 착륙하게 되는 것은
마음이 무엇을 해야 하는지 알고 있기 때문이다

자신이 가진 최상의 행동을 모르면서
생이 끔찍했다고 울 겨를이 있던가

몸은 생을 돌보는 일만으로도 벅차서
얼굴도 없는 자유를 자주 놓치지만

녹슬지 않은 쟁기가 겨울을 갈아엎고
씨 뿌리는 농부가 텃밭을 의심하지 않듯
어려울 때는 땀이 빽*이다
자유를 가져다줄 인내의 힘이 거기에 있다

게으름은 희망을 털어 육체를 먹이고
자본의 입술은 정신의 추깃물을 흘릴 뿐이다

삽 씻는 겨울 강은 그대가 누구인지 묻지 않으며
일한 자의 어깨에 내리는 밤은
수고했다 수고했다 포근히 감쌀 것이다

그러니, 땅을 통해 생의 근육을 키워라
삶이 들뜨면 날아가는 것은 자유이니
인생이 움켜쥐어야 할 정규직,
그 힘은 땡볕이 눈 가리고 있는 노동에 있다

* 빽: 백back. 뒤에서 받쳐 주는 세력이나 사람을 속되게 이르는 말.

밀어 넣다

쪽지에 꿈을 적어 줄에 걸거나
풍등에 기원을 적어 날리는 일은
공중을 치열한 소원으로 밀어 넣는 일이다

휴대전화는 꺼놓아도 며칠은 끄떡없고
출세니 성공이니 몰라도 좋은
그래, 그렇게 쪼잔한 삶을 쪼개며 살아도
사이좋게 꽃 피우며 사는 우리는 서민

알 수 없는 죽음과 사랑은 뻘 같아
빨아들이기만 하는 인생은 참을 만한가
오늘을 말뚝 박는 보통 사람이지만

눈앞의 삶이 새삼스러울 것도 없고
또 없어질 줄 알면서도 하루를 그냥 보내는 세월이
그리 터무니없지는 않아

보리숭년에 냉수 한 사발로
책임지면 되는 거야
가슴 터져라 생에 밀어 넣던 사람이라는 것은 안다

다행이다,

날 저물면 세상길의 끝에

두고 올 걱정이 있으니

이제 내 자리를 허공에 밀어 넣는 일만 남았다

성공적 여행

신이 준 시작이 일정대로 가고 있다
가장 완벽한 고독은 따라나서지 않았고
탑승과 하차가 한 고삐에서 일어났다

안과 밖이 없는 경계에서 우리의 시도란
한 송이 꽃을 피우기 위해
수천 번의 허리를 잡아주던 허공이었으니

햇살에게 또 마음이 몸에게 미안해서
더는 흔들림에 대해 얘기하지 못하는
피난 열차 같은 거

그렇게 출발한 열차를 타고
아침은 계속되었지만
운명은 언제나 중간에서 타곤 했다

그러니, 철로에 붙은 낡은 녹처럼
지저분한 이유로 시작하는 삶에
포옹이란 말 외에 무엇이 있을 것인가

언약과 기대가 없다면 사는 곳이 천국이니
혹여 변방을 떠돌 가슴 하나에
사랑 대신 시간을 가득 채우고 갈라치면

생이 드리운 커튼 뒤에는
암전暗轉을 기다리는 눈부신 손이
박수 소리로 돌아올지도 모르니 말이다

백 년의 작업

온밤을 꺼내어 이슥하도록 날 새워도
가슴만 베이는 날 잦아
지우려 했지만 꺼지지 않는 하늘의 별이었다

혹시 혼잣말 들을 수 있을라나
난독에 전율이나 해볼까나
동거로 마음 바꾸었더니

가슴이 밤하늘처럼 새까매졌다

초롱초롱한 것들이 불면과 사랑에 빠져
새벽까지 불타고 있었지만

수십 년의 우울과 환상에 박혔는지
다가오지도 사라지지도 않았다

"무용한 것들이 벗어놓은 것이라도
입어보아야 알지 않겠나?"

공중에서 무슨 소리가 들렸는데
너무 멀어서 무슨 말인지 알 수가 없다

물음이 궁지에 몰리면 외롭지 않은 척한다

나는 슴베*였다

마음의 거처에 창문 하나 생겼다

혼자 잘난 척 휘두르는 나의 뒤에서
베이며 잡아주던 손잡이의 날들과
맨손의 아픔들이 쏟아져 들어온다

내가 구박했던 홈 속에서
방향을 제어하던 힘이 내 경전인 줄 모르고
뾰족한 상처, 슴베가 나였음을
녹이 슬어 벗겨질 즈음에야 알았으며

내가 살아온 것은 손잡이의 용기였고
남의 덕으로 살아온 한생을, 그걸 아는데
이렇게 멀리까지 와서야 깨우쳤으니

나는 세상의 모든 아내들에게
갚지 못할 평생의 빚을 진 것이다

그리고,
지금은 아무것도 묻지 않고 배웅할 수 있을 때

생의 한때를 베어 넘겼던
사랑만큼 나는 바보였으니
그 벌로 애인이 돌아왔으면 좋겠다

누구도 미워하고 싶지 않은 저녁
온통 어리석음으로 덩그러니 남은

골방에 있어도 온몸이 창이다

* 슴베: 칼이나 화살촉의 손잡이나 자루 속 홈에 들어가는 끝부분.

무게

이름 모를 산새가 허공에 길을 낸다
그 길을 따라 터지는 파동의 비늘들

온몸을 써서 내는 소리는 공중의 바늘이다
그 길을 주름잡아 꿰매고 있다

나는 접혔다 펴진 하늘에 손을 넣어
감응하는 파장 하나를 꺼내어 보고 전율한다

이렇게 가벼운 주파수 하나의 무게가
가슴의 수평선을 무너뜨리다니!

허리 날씬한 소리의 씨 하나 받아
모국어의 밭에 심어두고
시퍼렇게 날이 선 시詩나 길러볼까

나의 의식은 늘상 발의 갈등을 외면하고
서로를 잘 모르는 척 어긋남을 기우뚱거리며
향하는 곳이 겨우 뒷골목의 익숙한 의자다

저녁의 술잔은 완충지대를 좋아한다
거기는 뭐든지 잘될 것 같은 주파수가 있는지
무의식이 파장을 한 잔 또 한 잔 붓고 있다

오늘의 무게로 비스듬히 닮은 과거가 빈 병처럼 쌓여 간다

흔들림이란 공간과 각이 있다는 것

나는 예각이 되어
공중의 저울이 가리키는 바늘을 엿본다

내가 놓친 세월의 무게를 누가 스누핑*하는지

한 생애가 스윽 올라간다

* 스누핑: 사람을 통하지 않고 그 사람이 살고 있는 공간과 흔적을 살
   펴보고 상대를 파악하는 심리 분석.

제4부

포옹

도리가 없다
물처럼 완벽하게 스며들면

모래성 아무리 쌓아봐라
물결 한 번이면 무너진다

어쩔 것인가
그쪽으로 무너지고 싶은 것을

이미
그 포근한 공간에
내 영혼이 걸려 있는 것을

그네

돌아오는 것부터 배워서
욕심은 공중에 맡겼다

발을 버려야 공중을 얻는다는 걸
매달리고야 알았다

한참 익숙해진 뒤에는
바닥을 놓치는 것이라는 것도

누가 등 좀 밀어주세요
여름에서 발을 뺀 햇살이 따갑게 소리치지만
허공은 내색이 없다

한번 고요히 앉아보았으니
경박을 줄이는 건 누구의 잘못도 아니다

우리가 보낸 소식이 꽃 지고 온다 해도
사는 일이 그네라 해도

아무려면 그냥 흔들리기야 하겠나

여기보다 더 나은 저기는 없다

흔들려 본 것의 성공이다

운동장

초등학교 운동장 한구석에 플라타너스 한 그루
해종일 제 그림자에 끌려다니고 있네

하마 무슨 곡절이 있지 싶어
나무의 말을 필사해 보는 것인데

바람이 잎사귀의 문장을 읽자
사랑하면 같이 가는 거라고 몸을 뒤집네

내 안에도 운동장 있네

멀쩡한 하늘에 비 오고
운동장 한편에서 물에 쓸려 다니다
납작 엎드린 모래가 가슴에 쌓이기도 하지만

흔적은 시간의 예의인지
생각에 끈을 단 그네는 잎이 되네

후두둑 빗발 맞다가
아픔을 쓸어 담고 기억처럼 흐르네

가슴속에서만 내리는 비는
끝내 보내지 못한 사랑은 같이 가라고

햇살과 기억 사이를 실금으로 잇고 있네

는개

허공이 숨긴 문장을 알 수 없으니
맥락인들 짚을 수 있으랴

밀폐를 모르니 입구도 출구도 모르고
시작을 모르니 끝나는 곳을 알 수 없는 게지

너들은 생각하지 마
세상은 생각대로 되질 않아

뻗고 통과하는 것만 가늠하고 흐르는 거야
규칙과 의도는 불편하기만 해

시간과 공간을 잊게 해주는데
물방울을 왜 읽고 다니는 거야

천상으로 가는 길을 막아서는
저 허공의 행군은 나의 허물 같은데

발자국 하나 없이 온 발 없는 몸들
시간에 갇혀 떼로 몰려다니네

떨어질 것을 알며 가는
시간의 곡예사가 꿈 흉내를 내고 있네

언젠가는 외로움의 죄가 밝혀질 것이네

틈

내 자리가 그리 많지 않은 세상에서
누굴 위해 의자를 내어놓는 건
힘내라 틈을 내어주는 일이다

시집간 딸이 보고 싶다는 것은
에미의 가슴에 틈이 생겼다는 것이고
사랑이 샘솟는 구멍이라는 말이니

홀로는 아무것도 아니지만
속박을 깨고 함께 살아가라는 것이다

틈이 없다는 것은 스며들 공간이 없는 것이고
냉정함이 길을 막았기 때문이다
빈틈은 하나라도 받아들이지 않겠다는
저, 자본의 문에는 헐거움이 보이지 않는다

손에 지문이 닳았다는 것은
목숨 여럿 살린 노동이 손에 틈을 만든 것이다
그러므로,
품삯은 시간의 틈에 대한 떳떳한 영수증이다

월급은 묻지 않는 것이 예의라 하지만
인생의 품삯은 품격에 대한 보상이니
빈틈으로 받는 것이 가장 좋다

물먹은 먹지 같은 마음에 공간을 만들어
햇살이 들어올 틈을 만들어야
지평선처럼 반듯하게 펴지기 때문이다

봄은 현기증이다

어울리지 않는 옷에 연지 바르고
팔랑,
치마를 날리고 있는 처자들
이제 막 겨울에서 제 몸을 빼내고 있다

화장기 없던 산에 서투르게 분칠한 소녀들이
봄의 꽃봉을 잡고 자지러지고 있고

온 산이 사춘기에 들었는지
동박새는 입술에 연지 바르고
바람은 진달래 생리혈 내음을 털고 간다

가지 끝에서 탈출한 향기가
물오른 산과 강의 고삐를 끌고 간 뒤

만물이 지금 막 선물 속에 들었으니
심장에 가득 찬 기쁨을 끌러야 할 것이고

당신이 누구이든 얼마나 상처받았든
이 계절의 초대를 받은 이상

복사꽃처럼 숭어와 주파수 맞추고[*]
산벚나무같이 벌렁거리다 뒤집어져
첫사랑 그날의 현기증을 달 것이다

* 복사꽃 필 때에 바다에서는 숭어가 풍어가 된다.

오지랖

꽃들이 수다로 앞산 다 채우고
멧새가 소리를 깔며 뒷내로 날아간 후
땅의 체위가 좀 더 예민해지고 명료해졌어요

냇가의 풀잎은 바람이 허리라
벌써 허공과 조율을 완성했다고
혼자 아름다운 개여울 목덜미를 못 본 체합니다

그 힘 받은 계절이 목도리 풀었는지
춘삼월의 산그늘 죄다 환하고
눈을 먼저 맞추는 사람이 볕이 됩니다

물길을 오래 비워둔 나무뿌리가
무릎을 펴서 기지개 켜는 걸 보니
이제 봄의 허벅지가 슬쩍 비칠 날도 오겠고

제주도 아즈방 가슴을 건들고 온 바람이
합창하는 부산 갈매기 노래 하나쯤
반주 맞추기는 일도 아니겠습니다

저 공손한 풍금 소리에 환한 마음들이
새순 툭툭 터진다는 전화를 받더니

콧김을 뿜으며 고삐를 풀고 있는 밭두렁에
민들레 노란 조명을 달고 있습니다

뼈
―백두산 천지를 다녀와서

무언가 심사 뒤틀린 뼈가 있었고
검은 물빛 가둔 입은 말문을 닫았으나
고요는 속울음을 들키고 있었다

구름 사이로 언뜻언뜻 보이는 빛나는 것들이
민족의 허물을 뱉어내고 있었다

이데올로기 하나를 잠재우기 위해서
안으로만 누르고 있던 물의 침묵 돌아앉았다

그 긴 시간의 눈길이 한 번의 사진으로 끝나지 않아
반백 년의 슬픔을 사이에 두고
자꾸만 무너지는 뼈를 본 게지

바람 소리를 하고 다가오는 허공의 지느러미들,
오늘, 온몸을 헤엄쳐 내려와 술렁이지만
이제는 방황을 딛고 영혼에 날개를 달아야 하리

봄은 가슴에서 좀 더 활짝 피고
햇살은 구름 사이에서 빛나지 않으면 어떠리

연변에서 부산까지 한걸음에 내달려
새벽안개처럼 속살거릴 날은 올 것이니

해갈이다, 아니다 해방이다
출렁이는 세월도 여기에 붙들고 있어라

말을 가두고 있는 조국의 자궁, 왕조의 슬픔이여!

매혹을 숨기다

의자를 필요로 하지 않는 건
먼저 떠난 자뿐인 줄 알았다

별에 영혼을 숨긴들
앉지 못하는 자가 그렇게 묵고 싶었던
속내일 수도 있지만

어쩌면 마음의 틈으로 비집고 들어오는 살내가
삶의 깊이로 내리는 그 겨를에는
같이 놀 수도 있겠다 싶었는데

얼굴을 만질 수도 초월로 가둘 수도 없는 찰나
빛나기에 더욱 그립고 서러운 한순간은
왜 화들짝 놀라서 떠나기만 하는가

마음이 가까우면 닿는 곳마다 창문인데

누가 앉을 자리를 들인다는 말

미래를 위해 필요한 말이지만

언제나 지금 하는 것인 줄 몰랐다

궁금하지 않아요

누가 사는 것이 벼랑이라 함부로 말하는가

절벽이 밀어 올린 한 송이 꽃이 진정한 삶이다

생이란 치정처럼 저급하지만
연민의 막간인들 지상의 시간이 아니랴

나도 꽃이다 말없이 흔들리다가
막다른 순간은 씨앗에 새기는 것이니
낙화를 너무 탓하지 말라

중얼거려도 절망에 툴툴거리지 않는
중국집 배달부 오토바이처럼 살지만

하루치 걱정은 바람에 건네고
그래도 지상에서 함께 살아야지

보라, 바람과 벼랑이 아무리 깊어도
목숨은 수이 떨어지지 않고
꽃잎 받들던 공중의 결은 부드럽지 않은가

등골 빠지는 드잡이도 잊고
다시 가벼운 나비,
꽃 빠지게 매일을 바람에 흔들려도
사는 것,
정말이지 궁금하지 않아요

기도하는 뿌리

에미의 몸이 몸을 만들어 세상에 내어놓았으니
영혼은 집을 얻었다
인간이 태어난 것이다 그러나,
이미 인간인데 인간이 아닌 것처럼 살아온 사람들이 있다
기록되지 못했으니 증언을 한다
역사에 맞서 기억으로 그 공백을 메우려는 것이다
왜 존엄과 행복은 내게 없는 것인가 동상으로 고백한다
아니 목도리를 두르고 고발을 한다
인간이었으니 인간으로 대해 주세요
인간답게 살기 위한 뿌리를 주세요
몸이 내릴 뿌리가 공중에서 말라가요
모욕과 폭력으로 몸을 찢고 파괴한 자들의
진정한 사과와 참회가 내게 필요한 땅과 물이에요
몸이 없어 떠도는 유령이 아닌데
고향과 가족을 떠나 뿌리 없이 떠돕니다
누가 우리에게서 고향과 피붙이들을 뺏어 갔나요
타인을 경계하며 살아야 해요
위장 거주는 기록도 되지 않아요
남에게 피해를 주지 않고 조용히 필 수 있는 물과 뿌리
를 주세요

내일을 살 수 있는 소박한 희망이 있는 몸을 주세요

부모님이 주신 고귀한 몸을 돌려주세요

하루를 살더라도 사람으로 대접받고 싶어요

신도 몸을 다시 줄 수 없으니 사람들도 이름 대신 위안
부로 불러요

누가 대신 불러줄 수 있는 이름을 주세요

용서하지 말아야 할 사람들이 분명히 있는데

왜 진심 어린 사과 없이 용서를 해야 하나요

일어날 일은 이미 일어났는데 말이에요

사랑을 뽑다

밀어密語가 인질이 된 사랑은 가짜라고
뽑아야 할 이유를 욱신거리고 있는 사이

빼도 박도 못하는 경계는
여기서 살 수 있을까, 하고 묻지만

일상에 몸 댄 잇몸은
견뎌온 흔적을 고통에게 넘긴 것일까

씨앗은 땅이 집이라 벌레도 들이지만
시인처럼 이면을 드러내고 싶지 않은
이빨은 썩어도 이빨

밥 밖에서는 살 수 없었죠, 그러나
한 번도 만만한 적 없었던 질긴 고기
우리는 씹을 때만 사랑하기로 했어요

먹어도 먹어도 허기지던 청춘이 뽑혀 나간 후
이빨 뽑고도 뿌리는 남아있다고
지그시 눌러보는 한때

함부로 피었던 무능한 미혹이 심줄처럼 남아서
구멍과 함께 사랑스런 마취로 돌아왔다

사랑도 훈련이 필요하다

기회란 세월에 속지 않는 것을 배우는 학교라면
저항과 사랑은 상상력을 기르는 스승이다

세상이 아득할 때 내 발밑에 디딤돌 놓는 손(手)이
등 뒤에 숨어있는 까닭 하나 알지 못하고

하루해가 지면서 풀어놓은 어둠이
세상사 모두 안고 한밤중으로 들어가면서
상처는 왜 두고 갔는지 모르겠지만

그래, 중독을 어찌 설명할 수 있겠는가?

사랑은 한 번도 청춘이 아닌 적이 없었고
나를 아프게 하였지만
가장 오래 남아서 가슴속 별이 되었다

수많은 별빛들이 약속을 떨구며 새벽 강에 던지어지고
예감은 기꺼이 영원을 감당하려 가슴을 흔들지만

지상에서의 비밀 하나,

밤이 어두운 것은
훈련 없이 슬픔을 판매하려
우리가 가슴을 닫아버렸기 때문이다

사랑은 한 번밖에 죽지 않았다

우리를 끊임없이 움직이게 하는 것은 무엇인가
시작 말고도 끝을 일러주는 것들은 너무 많은데
사라지는 것은 죽음 이외에 아무것도 없는데
선택과 노력과 집중의 바깥에서 어느 날 불쑥 들어온 뒤
이 예외를 붙들어서 빛나게 하는 것이 있다
몸을 가진 것들이 슬픔을 깜빡이듯
끊임없이 모습을 바꾸는 나의 심연
망각은 생각의 완성이다
그렇다,
한때 내 주머니에는 사랑이 너무 많아 그 헐거움 덕에
자신도 몰랐던 자신 속으로 들어간 문이 있었다
문턱은 보이지 않아도 누군가 넘어졌고
또 누군가는 털고 일어서고
그러므로 사랑이라 불리지 않는 날은 이 지상의 날이 아
니었고,
그러나 보라,
한때는 꽃이었던 걸 잊은 낙과가 있으랴
한 줌 바람에도 발기하는 이 세상 먼지의 호응
상처 또한 그런 것, 바람은 넌출대는 줄기가 필요하고
두 번은 죽어야 사라지는 사랑은 훈련이다

아무리 할 얘기가 많아도 때가 오면 물러나는 밤이란 얼마나 아름다운가

침묵으로 소통을 이루는 반짝이는 언어,

아침으로 얼굴 바꿔 오는 것을 보느니

오직 자신만이 걸어 나올 수 있는 우주

아무도 꺼내 줄 수 없는 감옥은 바깥이 아니고 안에 있다

염치

물이 무심하게 흐른다는 말은
잘못된 말이다

한때의 사랑이었지만 살 부비던 바위와 나무
그리고 갈겨니 손을 뿌리치고 갔으니
돌아올 염치가 없는 것이다

대지의 완고한 고집 때문에
들에 속하지 못했고 나무에 물들지 못했으니
새처럼 대신 울어주지 못한 것이다

그러니, 천둥소리에 귀 막을 수 없고
헐떡이며 흘러도 다시 온다는 약속 할 수가 없다

흐르는 물이 차가워도 탓하지 마라
식솔들을 거느릴 집이 없으니
가슴에 멍이 들어 뜨거울 수가 없다

생명을 끊을 수가 없어

죽음이니 소멸이니 호사를 누리기는커녕
체면도 버리고 이별을 혼자 우는 것이다

생철학生哲學의 시학

맹문재(문학평론가)

1.

  이정모 시인의 작품들을 지배하고 있는 시어는 '생(삶)'과
'사랑'이다. 시인에게 생이란 죽순처럼 올라오는 자신의 뿔
을 무디게 할 정도로 강한 것이어서 절벽 앞에 선 것처럼 절
망한 적도 있지만, 먼 길을 돌아온 지금 대면할 수 있다고
토로한다. 그리하여 절벽이 밀어 올린 한 송이 꽃이 진정한
생이라고 인식하고 주어진 삶의 과정에 매진한다. 시인의
그 모습이 곧 사랑이다. 시인은 사랑이라는 말에 서툴고,
사람을 통해 사랑을 배우지 못했으며, 사랑이 자신을 아프
게 했다고 고백하면서도, 지상의 날들에서 사랑을 부르지

않은 날이 없었을 뿐만 아니라 가슴속에 가장 오래 남아 별이 되었다고 노래한다. 그리하여 시인은 "바람이 잎사귀의 문장을 읽자/ 사랑하면 같이 가는 거라고 몸을 뒤집"(「운동장」)는 나뭇잎에 동화된다.

시인은 생만이 이 세계의 전부라고 생각하고 생 자체를 품고 바람직한 길로 나아가려고 한다. 생을 부단하게 생성하고 지속시키려고 하는 생철학의 모습을 보이고 있는 것이다. 생철학은 "실증주의나 합리주의에 반대하고 삶의 체험을 통한 생명 개념을 근본으로 삼아 19세기 이후에 유럽에서 형성된 철학의 흐름이다. 이성이나 정신, 물질 따위의 분석적이고 추상적으로 인식되는 개념을 넘어서 본원적으로 존재한다고 간주되는 비합리적인 것을 생生으로 하고 직접적 체험이나 완전한 이해에 의하여 이를 파악하려고 하는 철학적 입장이다. 니체Nietzsche, 딜타이Dilthey, 지멜Sim-mel, 베르그송Bergson 등이 주장하였다"*라고 정의된다. 인간의 삶은 항상 변하기에 고정시키거나 이성적으로 파악하기 어렵고, 자유로운 운동성과 부단한 창조성을 갖고 있기에 기계론적 결정론으로는 파악할 수 없다는 것이다. 그리하여 과학주의 태도를 넘어 인간의 삶 자체를 중요하게 여기는데, 특히 생을 시간성과 결합시켜 지속하는 면을 중시한 베르그송의 철학이 주목된다.

베르그송이 활동한 19세기 말에는 과학적 주지주의와 실

---

* 다음 어학사전(http://dic.daum.net/word/view.do?wordid=kkw000137825&supid=kku000171956).

증주의가 성행했다. 과학자는 어떤 결과라도 엄밀히 계산할 수 있고, 자연과 역사에서 일어나는 일들을 예측할 수 있다고 보았다. 세계의 모든 일이 필연의 법칙에 따라 결정된다고 보았기 때문이다. 베르그송은 그와 같은 과학적 기계론과 관념론에 반대하여 과학을 구성하는 지성 자체를 비판했다. 베르그송에 의하면 대상을 인식하는 데는 두 가지 방법이 있다. 하나는 사물의 주위를 도는 것이고, 다른 하나는 사물의 내부에 들어가는 것이다. 전자는 상대적 지식에 도달하는 것으로 분석이고, 후자는 가능한 한 절대에 도달하려는 것으로 직관이다. 베르그송은 직관에 의해서만 의식할 수 있다고 보았다. 의식의 존재를 강조하고 내면의 지속을 추구한 것이다. 인간은 살고 있음으로써 변화하고 변화함으로써는 지속하는 존재이다. 그리하여 삶의 밑바닥에는 고정적이고 정적인 것이 아니라 운동성과 시간성과 지속성이 부단하게 연계되어 있다.[*] 이와 같은 베르그송의 생철학이 이정모의 시 세계에서 구현되고 있는 것이다.

2.

물뱀이 구불구불 지나간 수면
누가 왔다 갔는지도 모르게 물결을 풀어가는 본성을 보네

---

[*] 앙리 베르그송, 정석해 역, 『시간과 자유 의지』, 삼성출판사, 1986, 14~24쪽.

삶의 눈빛이란 이와 같아서
나의 강에 나루를 건너던 흔들림 수만 장과
은밀했던 나의 사랑까지 지우고 한마디 말이 없네

오늘도 서녘 하늘은 어김없이 장례를 치르고
구름의 만장 행렬은 호곡도 없지만
산등성 아래까지 그림자를 풀어놓고
인생의 비루함을 구경하는 고요를 보네

주름지고 있는 것인지 흘러가는 것인지
길을 지우고 있는 하루가 무엇을 하든지
어차피 어둠은 빛의 손에 맡겼으니
생의 낭비는 발바닥에게 용서를 빌 일이 아니던가

낮게 사는 것들의 장기는 매달리는 것인지
토끼풀은 시들어도 꽃을 놓지 않는데
가끔 무릎이 아팠네
식물도 아닌 내가 바닥을 무릎써야 하는 이유로

그런데 말이네, 내 속에는 어둠을 비출 빛이 없고
밤바다처럼 용서 못 한 것들만 물결치더라도
아직 오지 않은 날들이 서넛은 남아있으니

산꿩처럼 날아간 날들은 깃털로 버려두고

바람의 행장을 꾸려야 할까 보네

환한 지옥에게 견디는 법을 배워야 할까 보네
　　　　　　　　　　　　　　　　—「깃털로 버려두고」 전문

　위 작품의 화자는 "물뱀이 구불구불 지나간 수면"이 "누가 왔다 갔는지도 모르게 물결을 풀어가는 본성을" 바라보고 있다. 화자가 물뱀이 지나간 자리를 스스로 지우는 수면의 모습에 눈을 떼지 못하는 이유는 자신의 삶과 동질감을 느끼기 때문이다. 다시 말해 "삶의 눈빛이란 이와 같아서/ 나의 강에 나루를 건너던 흔들림 수만 장과/ 은밀했던 나의 사랑까지 지우고 한마디 말이 없"음을 발견한 것이다.

　화자는 자연의 그 냉정한 태도에 어떤 원망도 안타까움도 내보이지 않는다. 처음으로 본 것이 아니라 줄곧 보아온 것이기 때문이다. 그리하여 "오늘도 서녘 하늘은 어김없이 장례를 치르고/ 구름의 만장 행렬은 호곡도 없"는 모습을 담담하게 받아들인다. 뿐만 아니라 "산등성 아래까지 그림자를 풀어놓고/ 인생의 비루함을 구경하는 고요"에 동화된다.

　화자는 삶이 "주름지고 있는 것인지 흘러가는 것인지" 따위에 개의치 않는다. "길을 지우고 있는 하루가 무엇을 하든지"에도 마찬가지이다. 오히려 "어차피 어둠은 빛의 손에 맡겼으니/ 생의 낭비는 발바닥에게 용서를 빌 일이 아니던가"라고 새로운 다짐을 갖는다. 삶을 낭비하지 않겠다는 것이다. 화자는 그 다짐을 "낮게 사는 것들의 장기는 매달리

는 것인지/ 토끼풀은 시들어도 꽃을 놓지 않는"다고 구체화
시키고 있다. "식물도 아닌 내가 바닥을 무릅써야 하는 이
유로" "가끔 무릎이 아"픈 사실까지 긍정한다. 지난 시간의
삶이 비록 비루했다고 하더라도 그것에 함몰되지 않고 나아
가려고 하는 것이다.

　이와 같은 화자의 세계 인식은 자신의 생애를 긍정하고
미래의 시간을 포기하지 않는 것이다. 그리하여 "내 속에는
어둠을 비출 빛이 없고/ 밤바다처럼 용서 못 한 것들만 물
결치더라도/ 아직 오지 않은 날들이 서넛은 남아있"다고 낙
관한다. "산펑처럼 날아간 날들은 깃털로 버려두고/ 바람
의 행장을 꾸려야"겠다고 거듭 다짐하는 것이다. 결국 "환
한 지옥에게 견디는 법을 배"우고 있는 것이다.

　　신이 준 시작이 일정대로 가고 있다
　　가장 완벽한 고독은 따라나서지 않았고
　　탑승과 하차가 한 고삐에서 일어났다

　　안과 밖이 없는 경계에서 우리의 시도란
　　한 송이 꽃을 피우기 위해
　　수천 번의 허리를 잡아주던 허공이었으니

　　햇살에게 또 마음이 몸에게 미안해서
　　더는 흔들림에 대해 얘기하지 못하는
　　피난 열차 같은 거

그렇게 출발한 열차를 타고
아침은 계속되었지만
운명은 언제나 중간에서 타곤 했다

그러니, 철로에 붙은 낡은 녹처럼
지저분한 이유로 시작하는 삶에
포옹이란 말 외에 무엇이 있을 것인가

언약과 기대가 없다면 사는 곳이 천국이니
혹여 변방을 떠돌 가슴 하나에
사랑 대신 시간을 가득 채우고 갈라치면

생이 드리운 커튼 뒤에는
암전暗轉을 기다리는 눈부신 손이
박수 소리로 돌아올지도 모르니 말이다

　　　　　　　　　　　　　　—「성공적 여행」 전문

　　위의 작품의 화자는 "신이 준 시작이 일정대로 가고 있
다"고 밝히고 있는데, 운명에 굴복하거나 종속하는 자세가
아니다. "가장 완벽한 고독은 따라나서지 않았"다거나 "탑
승과 하차가 한 고삐에서 일어났다"는 데서도 볼 수 있다.
화자는 생의 과정에는 수많은 변수가 개입되므로 완벽한 고
독은 존재할 수 없고, 어느 순간의 탑승이 곧 하차가 되듯이
삶의 전개는 명쾌하게 구분할 수 없다고 인식한다.

따라서 "안과 밖이 없는 경계에서 우리의 시도란/ 한 송이 꽃을 피우기 위해/ 수천 번의 허리를 잡아주던 허공"과 같다고 본다. 한 송이의 꽃이 피는 것은 운명에 의해 정해진 것이 아니라 수천 번이나 꽃의 허리를 잡아주는 허공이 있기 때문에 가능하다는 것이다. 그리하여 화자는 "햇살에게 또 마음이 몸에게 미안"해한다. 허공과 마찬가지로 햇살이나 마음도 한 송이 꽃을 피우기 위해 최선을 다하고 있기 때문이다. 그러므로 화자는 자신의 상황을 "더는 흔들림에 대해 얘기하지 못하는/ 피난 열차 같"다고 본다. 자신의 삶도 안과 밖이 없는 경계에서 부단하게 지속한다는 것이다.

화자는 "그렇게 출발한 열차를 타고/ 아침은 계속되었지만/ 운명은 언제나 중간에서 타곤 했다"고 밝히고 있다. 자신의 삶의 과정이 순탄하지 않았다고, 즉 갖가지 장애와 굴곡과 불안이 있었다는 것이다. 그렇지만 화자는 그것들을 회피하지 않는다. "철로에 붙은 낡은 녹처럼/ 지저분한 이유로 시작하는 삶에/ 포옹이란 말 외에 무엇이 있을 것인가" 하고 끌어안는 것이다.

그리하여 화자는 "언약과 기대가 없다면 사는 곳이 천국" 이라는 인식으로 자신이 살아가는 이 세계를 긍정한다. "혹여 변방을 떠돌 가슴 하나에/ 사랑 대신 시간을 가득 채우" 는 것이다. 이와 같은 세계 인식은 어느 한쪽을 부정하거나 배제하는 것이 아니다. 부족한 사랑이지만 그 시간을 채우겠다는 것이다. 그렇게 했을 때 화자는 "생이 드리운 커튼 뒤에는/ 암전暗轉을 기다리는 눈부신 손이/ 박수 소리로 돌아올지도 모"른다고 말한다. 자신의 생이 어두운 상태에서 장면이 바뀌는 암전처럼 "성공적 여행"이 될 수도 있다는 것이다. 이와 같이 화자는 자신의 삶을 지속시키려고 한다. 베르그송 역시 지속한다는 것은 산다는 것을 의미한다고 말했다. 전체적인 우주와 같이 개개의 존재는 지속하는 데서 생명력을 갖는다는 것이다.

3.

쪽지에 꿈을 적어 줄에 걸거나
풍등에 기원을 적어 날리는 일은
공중을 치열한 소원으로 밀어 넣는 일이다

휴대전화는 꺼놓아도 며칠은 끄떡없고
출세니 성공이니 몰라도 좋은
그래, 그렇게 쪼잔한 삶을 쪼개며 살아도
사이좋게 꽃 피우며 사는 우리는 서민

알 수 없는 죽음과 사랑은 뻘 같아
빨아들이기만 하는 인생은 참을 만한가
오늘을 말뚝 박는 보통 사람이지만

눈앞의 삶이 새삼스러울 것도 없고

또 없어질 줄 알면서도 하루를 그냥 보내는 세월이

그리 터무니없지는 않아

보리숭년에 냉수 한 사발로

책임지면 되는 거야

가슴 터져라 생에 밀어 넣던 사람이라는 것은 안다

다행이다,

날 저물면 세상길의 끝에

두고 올 걱정이 있으니

이제 내 자리를 허공에 밀어 넣는 일만 남았다

　　　　　　　　　　　　　　—「밀어 넣다」 전문

　위의 작품의 화자는 "쪽지에 꿈을 적어 줄에 걸거나/ 풍
등에 기원을 적어 날리는 일은/ 공중을 치열한 소원으로 밀
어 넣는 일"이라고 말한다. 소원을 공중에 밀어 넣는 인식
도 낯설지만 공중을 소원에 밀어 넣는 인식은 훨씬 더하다.
그만큼 화자는 자신이 소원하는 일에 우주적인 기운까지 밀
어 넣고 있는 것이다. 곧 자신의 삶의 과정에 최선을 다하
는 것이다.

　그와 같은 모습은 "휴대전화는 꺼놓아도 며칠은 끄떡없
고/ 출세니 성공이니 몰라도 좋은/ 그래, 그렇게 쪼잔한 삶
을 쪼개며 살아도/ 사이좋게 꽃 피우며 사는 우리는 서민"이

라고 자신을 당당하게 소개하는 데서도 여실하다. 삶의 과정에 몰두하는 모습은 지식이나 사회적 지위나 경제적인 부를 획득하는 차원과는 다르다. 그리하여 화자는 "알 수 없는 죽음과 사랑은 뻘 같아/ 빨아들이기만 하는 인생은 참을 만"하기에 "오늘을 말뚝 박는 보통 사람이" 되려고 한다. 그렇게 하면 "눈앞의 삶이 새삼스러울 것도 없고/ 또 없어질 줄 알면서도 하루를 그냥 보내는 세월이/ 그리 터무니없지는 않"을 것이라고 믿는다.

그리하여 화자는 "보리숭년에 냉수 한 사발로/ 책임지면 되는 거야"라고 자신감을 나타낸다. 그렇게 되면 "가슴 터져라 생에 밀어 넣던 사람"이 된다는 것이다. 따라서 화자는 "날 저물면 세상길의 끝에/ 두고 올 걱정이 있으니//이제 내 자리를 허공에 밀어 넣는 일만 남았다"고 노래한다.

나무는 비의 하객이라 어깨를 털지 않고
잎잎이 고개를 끄덕일 뿐이지만
바람 불면 가지는 공중을 할퀴면서
미안하다 미안하다 하는 건 흉도 아니지

인생 그까이꺼,
사는 방식 다 다르니 한판 바둑이지 뭐
내 생은 남은 복기라도 있는지
죽은 돌처럼 눈만 내리깐 채 기다리다가

푸른 것을 열매로 달 줄 알아
돋을볕 기다리던 초록도 그랬지 싶어
나도 보고 싶었다고 기억을 익혀 본다

저녁 굶은 비 저벅저벅 걸어오던 날
시장에서 돌아오지 않던 어머니
한숨과 허기가 눈만 깜박이고 있었고
새벽은 아무 말도 해주지 않았다

무심이란 강과 부엌 사이에서
안지도 못하고 서걱거리던 갈대는
노을이 쪽잠 든 윗목에서 떨고 있었고

젖은 장작 같은 삶이 가슴에서 타는 저녁
뒷산처럼 또 장독대처럼
세상은 연기도 없이 슬픈 무게로 앉아있었다

나는 오리처럼 뒤뚱거리다가
열매든 무엇이든 되고 싶어
생에 공손한 척 눈 감고 고개를 숙였지만

이제 알겠네,
한생이란 아픔을 끌고 가는 재미였구나
한 방울까지 모아서

사랑이라는 강으로 가는 것이었구나

그러니까,
흐르는 것들은 무리 속으로 들어가 같이 흐르고
길의 끝에서 새 물을 만나면 몸도 섞으면서
　　　　　　　　　—「흘러라, 무심천」전문

위의 작품의 화자는 "나무는 비의 하객이라 어깨를 털지
않고/ 잎잎이 고개를 끄덕일 뿐이지만/ 바람 불면 가지는
공중을 할퀴면서/ 미안하다 미안하다 하는 건 흉도 아니지"
라고 전한다. 나무는 비가 오는 상황이 반길 일이기에 고맙
다는 인사로 고개를 끄덕이지만, 바람이 세차게 부는 상황
은 그렇지 않기에 공중을 할퀸다. 그러면서 자신이 살기 위
해 부득이 다른 존재에게 상처입히고 있기에 사과한다. 화
자는 나무의 그 행동은 흉도 아니라고, 어쩔 수 없는 상항
이기에 이해할 수 있다고 여긴다.

그리하여 화자는 "인생 그까이꺼,/ 사는 방식 다 다르니
한판 바둑이지 뭐" 걱정할 것이 있겠느냐고 대수롭지 않게
여긴다. 그리고 "내 생은 남은 복기라도 있는지/ 죽은 돌처
럼 눈만 내리깐 채 기다"린다. 또한 "푸른 것을 열매로 달
줄 알아/ 돋을볕 기다리던 초록도 그랬지"라고 생각한다.
마치 바둑 판국을 새롭게 보기 위해 두었던 대로 다시 놓는
복기처럼 지나온 시간을 품고 남은 생을 기대하는 것이다.

화자는 "저녁 굵은 비 저벅저벅 걸어오던 날/ 시장에서

돌아오지 않던 어머니/ 한숨과 허기가 눈만 깜박이고 있었고/ 새벽은 아무 말도 해주지 않"을 만큼 힘들게 살아왔다. "무심이란 강과 부엌 사이에서/ 앉지도 못하고 서걱거리던 갈대는/ 노을이 쪽잠 든 윗목에서 떨고 있"는 것이 그 모습이다. "젖은 장작 같은 삶이 가슴에서 타는 저녁/ 뒷산처럼 또 장독대처럼/ 세상은 연기도 없이 슬픈 무게로 앉아 있었"던 것이다. 그렇지만 화자는 자신의 삶을 부끄러워하거나 포기하지 않는다. 오히려 생의 의미를 어려운 환경에 맞서는 것이라고 생각한다. "오리처럼 뒤뚱거리다가/ 열매든 무엇이든 되고 싶어/ 생에 공손한 척 눈 감고 고개를 숙"이는 것이다.

그리하여 화자는 "이제 알겠네,/ 한생이란 아픔을 끌고 가는 재미였구나/ 한 방울까지 모아서/ 사랑이라는 강으로 가는 것이었구나"라고 노래한다. 생의 과정에는 고통과 슬픔과 절망을 직면할 수밖에 없지만, 그것들을 회피하지 않고 껴안고 나아갈 때 행복할 수 있다는 것이다.

그런데 화자는 그와 같은 일을 고립적으로 추구하지 않는다. 다시 말해 "흐르는 것들은 무리 속으로 들어가 같이 흐르고/ 길의 끝에서 새 물을 만나면 몸도 섞으면서" 가려고 하는 것이다. 주체성을 포기하지 않으면서 모든 것을 품은 "무심천"처럼 제 길을 가는 것이다.

당신 앞에 있는 사람을 사랑하는가
바로 지금 시작하든지 아니면 떠나라

사랑이란 제 몸에 가두지 못하면
언젠가는 얼어붙는 강물이니

이 순간에 배를 띄우지 않으면
이승에서 도착할 행복이란 항구는 없다

씨앗은 농부가 뿌리고 움은 때가 틔운다
겨울이 갔으니 봄의 곳간 열어라

목련꽃 봉긋한 여인의 가슴이면
지루한 한생이 거뜬하지 싶어도

우리가 알 수 있는 건
끝이 없는 생이란 지금뿐이라는 것이고
마음에 날개를 다는 것은 새가 아니라는 것이다

세월의 강 위에 죽은 날들이 흘렀으니
이제 조문은 끝났다

그대는 손가락이 예쁜 국밥집 여인의 눈길을
외면하지 말아야 한다

환장할 봄날에 울지언정
음복은 사람이 하고 감당은 신이 할 일이다

—「지금」 전문

위의 작품의 화자는 "당신 앞에 있는 사람을 사랑하는가/ 바로 지금 시작하든지 아니면 떠나라"라고 자신에게 혹은 독자에게 전하고 있다. "사랑이란 제 몸에 가두지 못하면/ 언젠가는 얼어붙는 강물이"고 "이 순간에 배를 띄우지 않으면/ 이승에서 도착할 행복이란 항구는 없"기 때문에 "바로 지금" 시작하라는 것이다.

화자는 과거나 미래의 시간에 의탁하지 않고 "바로 지금" 의지를 가지고 추구한다. 그리하여 "씨앗은 농부가 뿌리고 움은 때가 틔운다"라고 운명에 종속되지 않는다. 뿌린 씨앗은 때가 되면 싹을 틔울 것이기에 파종하는 일에 집중하겠다는 것이다. "겨울이 갔으니 봄의 곳간 열어라"고 노래하는 것도 마찬가지이다. 그리하여 "우리가 알 수 있는 건/ 끝이 없는 생이란 지금뿐"이라고, "마음에 날개를 다는 것은 새가 아니라" 자신의 의지라고 내세운다.

화자의 이와 같은 인식은 하이데거의 염려보다 레비나스가 제시한 향유라고 볼 수 있다. 레비나스는 인간의 원초적인 존재 방식으로 향유를 내세웠다. 염려하는 존재에게는 이 세계가 삶의 수단에 지나지 않지만 향유하는 존재에게는 새롭게 인식된다고 본 것이다. 그리하여 햇살과 공기와 바람과 흙냄새가 모두 향유의 대상이 된다. 먹고 일하고 놀고 산책하는 것도 목적 때문이 아니라 그것이 주는 만족 때문에 향유가 된다. 따라서 향유하는 관점에서 볼 때 사물은 생존을 위한 수단이 아니라 존재의 원천이 된다.*

---

* 에마뉘엘 레비나스, 강영안 옮김, 『시간과 타자』, 문예출판사, 1996, 129~130쪽.

화자가 "사랑"하는 것도 마찬가지이다. 물고기에게 물이 삶의 요소이듯이 화자에게 사랑은 삶의 요소이다. 그리하여 "그대는 손가락이 예쁜 국밥집 여인의 눈길을/ 외면하지 말아야 한다"고 노래한다. 또한 "세월의 강 위에 죽은 날들이 흘렀으니/ 이제 조문은 끝났다"라고, "환장할 봄날에 울지언정/ 음복은 사람이 하고 감당은 신이 할 일이다"라고 노래한다. 사랑을 수단이 아니라 향유로 추구하는 것이다.

베르그송은 현재는 과거를 등에 지고 미래를 품어 유동과 침투가 얽히어 있다고 보았다. 현재의 상태와 이전의 상태가 단절된 것이 아니라 두 의식 상태가 서로 침투하고 배어들어 융합했다는 것이다. 그리하여 지속이란 수나 양적인 것이 아니라 질적인 변화가 계속되는 것으로, 그 변화는 서로 매여 있고 침입하여 명확한 윤곽을 갖지 않는다고 보았다. 지속은 현재 혹은 동시성으로 존재한다.[*] 화자의 "바로 지금"의 "사랑"이 그 지속인 것이다.

4.

내 자리가 그리 많지 않은 세상에서
누굴 위해 의자를 내어놓는 건
힘내라 틈을 내어주는 일이다

* 베르그송, 정석해 역, 『시간과 자유 의지』, 삼성출판사, 1986, 166~168쪽.

시집간 딸이 보고 싶다는 것은
에미의 가슴에 틈이 생겼다는 것이고
사랑이 샘솟는 구멍이라는 말이니

홀로는 아무것도 아니지만
속박을 깨고 함께 살아가라는 것이다

틈이 없다는 것은 스며들 공간이 없는 것이고
냉정함이 길을 막았기 때문이다
빈틈은 하나라도 받아들이지 않겠다는
저, 자본의 문에는 헐거움이 보이지 않는다

손에 지문이 닳았다는 것은
목숨 여럿 살린 노동이 손에 틈을 만든 것이다
그러므로,
품삯은 시간의 틈에 대한 떳떳한 영수증이다

월급은 묻지 않는 것이 예의라 하지만
인생의 품삯은 품격에 대한 보상이니
빈틈으로 받는 것이 가장 좋다

물먹은 먹지 같은 마음에 공간을 만들어
햇살이 들어올 틈을 만들어야
지평선처럼 반듯하게 펴지기 때문이다

—「틈」전문

위의 작품의 화자는 "내 자리가 그리 많지 않은 세상에서/ 누굴 위해 의자를 내어놓는 건/ 힘내라 틈을 내어주는 일"이라고 양보와 배려의 가치를 제시한다. 마치 "시집간 딸이 보고 싶다는 것은/ 에미의 가슴에 틈이 생겼다는 것이고/ 사랑이 샘솟는 구멍이라는 말"과 같다고 인식하는 것이다. 자신의 소유욕을 헐고 다른 사람들과 함께하는 것이다.

"홀로는 아무것도 아니지만/ 속박을 깨고 함께 살아"갈 때 공동체 의식이 생긴다. 반면에 "틈이 없다는 것은 스며들 공간이 없는 것이고/ 냉정함이 길을 막았기 때문이다/ 빈틈은 하나라도 받아들이지 않겠다는/ 저, 자본의 문에는 헐거움이 보이지 않는다". 개인의 소유욕과 이기심과 근시안을 토대로 이루어진 자본주의는 자기 이익을 추구하느라 인간의 "틈"을 막아버리는 것이다.

따라서 자본주의의 폐쇄성을 극복하는 일이 필요한데, 화자는 그 방안으로 "노동"을 제시하고 있다. 가령 "손에 지문이 닳았다는 것은/ 목숨 여럿 살린 노동이 손에 틈을 만든 것"으로 이해한다. 그리하여 "품삯은 시간의 틈에 대한 떳떳한 영수증"이라고 정의한다. 나아가 "인생의 품삯은 품격에 대한 보상이니/ 빈틈으로 받는 것이 가장 좋"다고 말한다. 결국 "물먹은 먹지 같은 마음에 공간을 만들어/ 햇살이 들어올 틈을 만"드는 삶을 영위하겠다는 것이다.

요행은 거품과 같아서 잡아도 쉬 꺼지나

행운은 비행기와 같아서

자신이 길을 닦을 때만 바람이 도운다

목적지에 무사히 착륙하게 되는 것은
마음이 무엇을 해야 하는지 알고 있기 때문이다

자신이 가진 최상의 행동을 모르면서
생이 끔찍했다고 울 겨를이 있던가

몸은 생을 돌보는 일만으로도 벅차서
얼굴도 없는 자유를 자주 놓치지만

녹슬지 않은 쟁기가 겨울을 갈아엎고
씨 뿌리는 농부가 텃밭을 의심하지 않듯
어려울 때는 땀이 빽이다
자유를 가져다줄 인내의 힘이 거기에 있다

게으름은 희망을 털어 육체를 먹이고
자본의 입술은 정신의 추깃물을 흘릴 뿐이다

삽 씻는 겨울 강은 그대가 누구인지 묻지 않으며
일한 자의 어깨에 내리는 밤은
수고했다 수고했다 포근히 감쌀 것이다

그러니, 땅을 통해 생의 근육을 키워라

삶이 들뜨면 날아가는 것은 자유이니

인생이 움켜쥐어야 할 정규직,

그 힘은 땡볕이 눈 가리고 있는 노동에 있다

　　　　　　　　　　　—「자유인」 전문

　위의 작품의 화자는 "요행은 거품과 같아서 잡아도 쉬 꺼지나/ 행운은 비행기와 같아서/ 자신이 길을 닦을 때만 바람이 도"와준다고 말한다. 요행을 바라지 말고 자신의 길을 온몸으로 걸을 때 행운이 찾아온다는 것이다. 그러므로 "목적지에 무사히 착륙하게 되는 것은/ 마음이 무엇을 해야 하는지" 알기에 "자유인"이 된다고 본다.

　베르그송은 자유의 문제에 대한 모든 오해는 자유의 행방을 공간 안에서 생기는 진동과 같이 생각하는 데서 유래한다고 주장한다. 행동하는 사람이 이 방향으로 갈까 저 방향으로 갈까 하는 선택의 자유는 피상적인 것이며, 실재하는 것은 생생히 살아있는 자기이므로 스스로 해방되어 전진해 가는 것이다. 행동이 전 인격에서 흘러나오고 전 인격을 그 행동이 표명할 때 그리고 행동이 인격을 확충하여 완성할 때 자유인이 되는 것이다. 관념론자가 주장하듯이 자아는 이미 완성된 것도 고정된 것도 아니다. 자유는 유동적인 진행이므로 자아의 끊임없는 생성 속에서 실현된다. 동일한 원인에서 동일한 결과가 나온다고 하는 논리적 필연관계, 즉 결정론은 인생의 현상에 적용될 수 없다. 구체적

인 자아와 행동하는 관계를 가질 때 자유가 되는 것이다.[*]

자유는 "노동"하는 과정에 마련된다. "삽 씻는 겨울 강은 그대가 누구인지 묻지 않으며/ 일한 자의 어깨에 내리는 밤은/ 수고했다 수고했다 포근히 감"싼다. 노동하는 데 온몸을 썼기에 "생이 끔찍했다고 울 겨를이" 없다. 또한 "몸은 생을 돌보는 일만으로도 벅차"다. "녹슬지 않은 쟁기가 겨울을 갈아엎고/ 씨 뿌리는 농부는 텃밭을 의심하지 않듯/ 어려울 때는 땀이 뺙"이고, "자유를 가져다줄 인내의 힘이 거기에 있"는 것이다.

화자의 노동 의식은 실천성을 지향한다. 화자는 "게으름은 희망을 털어 육체를 먹이"고 "자본의 입술"에서는 "정신의 추깃물"이 흐를 뿐이라고 진단한다. 자본주의가 내세우는 노동은 육체적으로 땀을 흘리는 것이 아니라 이윤을 계산하는 비인간적이고 반공동체적인 것이어서 인간 정신을 타락시킨다는 것이다. 따라서 "땅을 통해 생의 근육을 키"웠을 때 진정한 "자유인"이 된다고 보았다. "인생이 움켜쥐어야 할 정규직,/ 그 힘은 땡볕이 눈 가리고 있는 노동에 있다"는 것이다.

인간의 위대함은 자신의 생애 동안 노동하는 데 있다. 인간은 노동에 종속되는 면보다는 노동을 통해 자신의 삶을 소유하는 면이 훨씬 크다. 노동함으로써 주체성을 확립하고 이 세계를 창조의 대상으로 인식한다. 또한 고립되지

---

[*] 앙리 베르그송, 정석해 역, 『시간과 자유 의지』, 삼성출판사, 1986, 23~24쪽.

않고 타자와 협력하는 관계를 맺는다. 때로는 갈등을 일
으키지만 사회적 존재로서 함께하는 것이다. 노동은 소유
의 차원에 갇히지 않는 창조와 협력과 사랑과 자유의 가치
를 마련해 준다. 베르그송이 제시한 인간의 창조적 진화와
생성을 이루는 것이다. 이정모 시인 역시 노동을 통해 생
을 사랑하며 자신의 존재 가치를 우주적 차원으로 지속시
키고 있다.